Tommy dans la galaxie

**Catalogage avant publication de
la Bibliothèque nationale du Canada**

Levert, Mireille
Tommy dans la galaxie
Pour enfants.

ISBN 2-89512-351-9 (rel.)
ISBN 2-89512-352-7 (br.)

I. Titre.

PS8573.E956T65 2004 jC843'.54 C2003-942251-8
PS9573.E956T65 2004

Directrice de collection : Lucie Papineau
Direction artistique et graphisme :
Primeau & Barey

Dépôt légal : 3e trimestre 2004
Bibliothèque nationale du Québec
Bibliothèque nationale du Canada

Dominique et compagnie
300, rue Arran, Saint-Lambert
(Québec) J4R 1K5
Téléphone : (514) 875-0327
Télécopieur : (450) 672-5448
Courriel : dominiqueetcie@editionsheritage.com
Site Internet : www.dominiqueetcompagnie.com

Imprimé en Chine
10 9 8 7 6 5 4 3 2 1

Nous remercions le Conseil des Arts du Canada de l'aide
accordée à notre programme de publication.

Nous reconnaissons l'aide financière du gouvernement
du Canada par l'entremise du Programme d'aide au
développement de l'industrie de l'édition (PADIÉ) pour nos
activités d'édition.

Nous reconnaissons l'aide financière du gouvernement du
Québec par l'entremise du Programme de crédit d'impôt
pour l'édition de livres – SODEC – et du Programme d'aide aux
entreprises du livre et de l'édition spécialisée.

À la mémoire des mes amis
partis danser
sur une autre planète…

Tommy dans la galaxie

Texte et illustrations :
Mireille Levert

Mon petit Tommy,
me dit Papi.
La nuit,
tu crois dormir dans ton lit.
Mais moi, je te le dis,
tu te promènes dans la galaxie !

Mon petit ravioli,
me dit Papi.
Le lundi,
te voilà déjà parti
pour la planète des spaghettis.
Que des spaghettis à l'infini,
de sauce tomate bien garnis,
dégoulinant de fromage très cuit.
Avec les doigts tu peux manger
en quantité illimitée…

Mon petit pissenlit,
me dit Papi.
Le mardi,
tu atterris sur la planète où
tout ce qui est sale est joli !
De joyeux cochons
tournoient autour de toi,
ils dansent un rigodon
en très, très vieux caleçons !

Pas besoin de te laver
ni les oreilles ni les dents.
C'est écrit dans le règlement :
« Ici il faut être sale,
tout le temps, tout le temps. »

Mon petit colibri,
me dit Papi.
Le mercredi,
tu amerris
sur la planète du monde à l'envers.
Les oiseaux scrutent le fond de l'océan,
les poissons planent au firmament !

Tout le monde chante en chœur :
« Vive Tommy Dagobert,
roi de l'univers à l'envers ! »

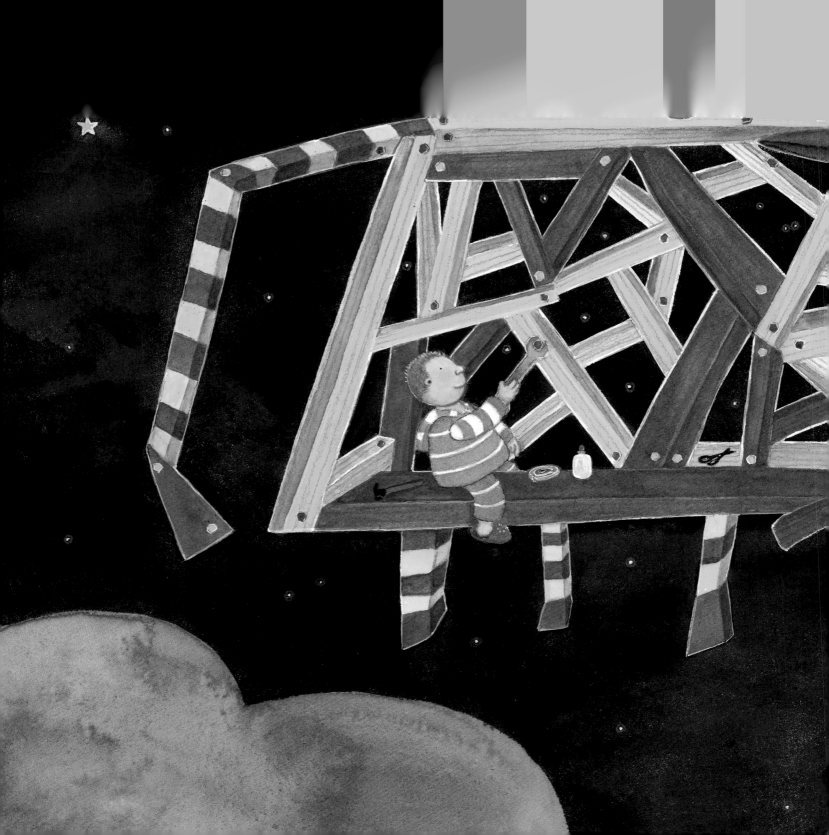

Mon petit biscuit,
me dit Papi.
Le jeudi,
grand numéro
sur la planète à construire.
Pas de manuel d'instructions,
laisse courir ton imagination…
Tommy, prends ton marteau,
te voilà génie du bricolage,
Picasso de la mécano !

Mon petit parapluie,
me dit Papi.
Le vendredi,
tu es au rendez-vous
sur la planète des amis.
Rouges, blancs, noirs, jaunes,
les enfants réunis
te chuchotent des secrets d'amour
dans toutes les langues de la terre.

Mon petit ouistiti,
me dit Papi.
Le samedi,
grand safari
sur la planète des animaux rigolos.

Dans le désert, tu te dandines,
sur le dos d'un drôle de dromadaire.
Les éléphants-fleurs chargés de trésors
tanguent doucement vers l'oasis.
La procession avance lentement,
au loin le grand sultan t'attend.

Mon petit brocoli,
me dit Papi.
Le dimanche,
je pars avec toi
pour la planète des mamies.

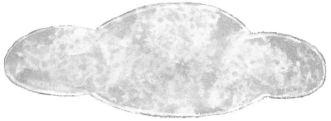

Ta mamie porte une robe blanche
et danse avec un ange.
Elle ne parle pas,
mais tu peux voir
ses yeux qui brillent
juste pour nous.

Nous lui confions
que dans nos cœurs,
pour toujours, nous l'aimons.
Du bout des doigts,
tu lui souffles un bisou
qui s'envole vers elle
en tourbillonnant.
Ma Fannie, ta belle mamie,
a tout vu, tout compris,
et elle nous sourit.